KB210217

마스다 미리
행복은 누구나 가질 수 있다

박정임 옮김

새의노래*

차례

마리골드, 일년초.
내 사랑 같아.

7

맞다,
이 술집에는
초밥도 있지.
생선 괜찮아?

그럴까?
연수회가
생각보다
오래 걸렸지?

네, 지금요.
두 사람이요.
네, 네.

OK~

아,
네.

뭐 먹고
싶어?
이 주변에
뭐가
있을까~

그러면

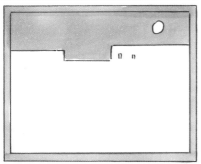

ㅁ ㅁ

마카베 씨,
술 마시던가?

아

그래서 그날은
무지하게
걸었어요.

맞아! 파리는
지하철 타기가
어려워.

아, 하지만
안 마셔도 돼!
각자 편하게.

저기~

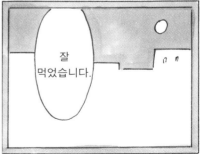

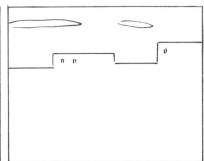

카페

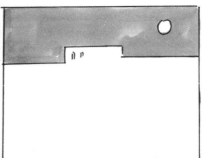

무슨 말인지 알아요.

봄은 들뜨기도 하지만 약간 애달픈 기분도 들어.

달달한 거 좀 먹고 들어갈까.

오늘 정신없이 바빴어~

벚꽃을 영원히 볼 수 있는 게 아니라는 생각이 드니까 인생이 짧다고 느껴지는 거야.

아, 퇴근 하세요?

사와무라 씨!

160년을 어떻게 나눌 건데요?

그래서 평균수명이 160년 정도면 좋겠다고 진심으로 생각했어.

하하

아, 좋죠.

오늘은 엄마가 애들 봐주기로 해서 시간이 있는데. 차 한잔 할까?

18

저도 좋아합니다!! 찾아볼게요.

네.

요전에는 즐거웠어~

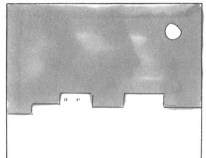

무슨~

아니야, 괜찮아.

이번에는 제가 살게요.

후우~ 배불러.

사와무라 씨, 뭐 좋아하세요?

다른 데도 개척해 보자!

저 집 맛있네.

글쎄~ 만두?

음~

하지만 제대로 해보고 싶어진 건 사실이야.

우리, 금요일인데 좀 더 놀다 가지 않을래?

그래서 인터넷으로 당구교실 같은 곳 찾아보기도 했는데.

오~

좋아! 뭐가 있지?

좀 색다른 거 해보고 싶지 않아?

좋지, 어디 갈까?

무슨 말인지 알아!!

이왕 할 거면 기초부터 제대로 배우고 싶어.

아, 좋아! 나 얼마 전에 부서 사람들이랑 갔었는데 재밌었어.

당구 쳐보고 싶은데~

좋네~

어중간하게 잘하는 사람한테 배우고 싶지 않은 거지?

그건 무리. 규칙도 잘 몰라.

그럼 가자! 당구 가르쳐줘.

후우

피곤해.

으응~

맞아 맞아.
틀린 자세까지
배워버릴 것
같고.

히토미 씨는

나, 방금
이런 생각이
들었어.

문득
생각
했습니다.

아마도~

그럭저럭 잘하는
사람에게 '가르쳐주세요'라고
스스럼없이 부탁하는 여자가
인기가 있겠다는…

금요일 밤,
가족들이
잠든
고요한 집.

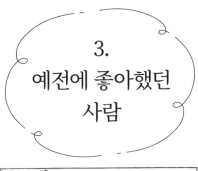

3.
예전에 좋아했던
사람

가족이 내는
화장실
물소리가

업무 중인
히토미 씨
입니다.

타닥

타닥

막연한 쓸쓸함을
달래주는

황금연휴도
끝났고…

일찍
자라.

그런
밤이었습니다.

백중맞이
연휴까지는
앞으로
3개월~

후우

네.

29

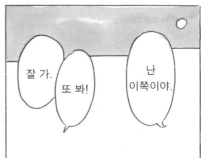

부스럭

여갔나?

아

아빠의 서랍.

엄마~ 줄자 어딨어?

이건

히토미 씨

아빠 서랍에 있을걸?

방 분위기 좀 바꾸려고.

뭘 발견한 걸까요?

35

47

꽤 좋아.

후후

나는 이 '다녀오겠습니다'가

오늘은 저녁 먹고 올 거야.

다녀오겠습니다!

일요일 오후,

집 현관 앞에서의 '다녀오겠습니다'는

대학 시절에 좋아했던 사람과 영화를 보고

늘 뭔가 아이가 된 느낌인데,

68

근데, 옷 사는 것도 재미 없어졌어.

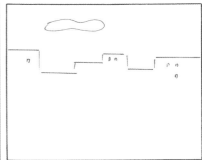

예전에는 분명 어울렸던 색상인데 지금은 그저 그렇고.

가을옷 샀어?

아직~ 슬슬 사야 될 텐데.

마네킹이 입고 있는 옷을 보면 저건 10년 전, 이건 5년 전

의류매장 옷이 순식간에 겨울옷으로 바뀌니까 가을옷을 살 틈이 없어.

하는 식으로, 어울렸던 때의 자신을 소환하게 돼.

그전에는 더워서 살 마음이 안 들고…

맞아~

83

어렸을 때의 이야기,
첫 해외여행 이야기

건배!

건배!

그랬구나~

듣고 싶은 이야기,
하고 싶은 이야기가
넘쳐난다.

없어요.
인터넷 검색.

여기 좋다.
와본 적 있어?

그러다가
불현듯

오~
어떤
키워드로
검색
했는데?

회사 사람들과
마주치지 않도록
늘 영역권 밖의

마카베 →
고등학생,
나 → 30세.

마카베의
10년 전과
자신의 10년 전을
비교해버리는
것이다.

'디저트
맛있는 곳'도
넣었구나.

아하하

멀리 있는
레스토랑을
개척해간다.

좋네

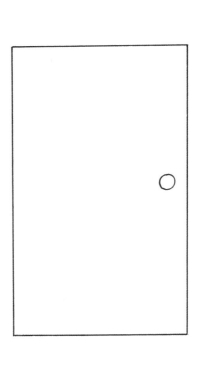

후후

문득 어렸을 때를
떠올렸습니다.

계절의 변화를
엄마가 알려주던
그때

히토미
~

그리고
어른이 되어버린
지금.

오늘
아침은
쌀쌀
하니까

자~

잘 다녀와.

다녀오겠
습니다.

그래

이젠
이거
입자.

네

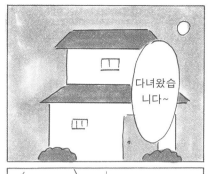

지금의 나를

20대였을 때, 딱 두 번 둘이서 밥 먹으러 갔었다.

어떤 눈으로 보고 있을까?

아마도, 나를 좋아했던 사람.

'나랑 만났으면 좋았을 텐데' ?

연애 감정이 들지 않아 자연스럽게 멀어졌지.

'쓸쓸한 인생' ?

그랬던 이치카와도 지금은 두 아이의 아버지.

*일본 장난감 회사에서 1967년에 발매한 인형으로 실존 인물처럼 디테일한 설정이 특징.
본명은 카야마 리카이며 일본인 엄마와 프랑스인 아빠 사이의 혼혈이라는 설정이다.
**〈천재 바가본〉. 1967년 「소년 매거진」에 첫 연재된 아카쓰카 후지오의 개그 만화.

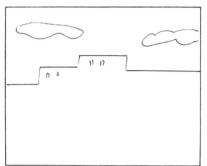

어머니는 아니시죠? 누님이신 가요?

저~

후우

이 집은 전철역이 가깝고

누나라고 하기에도 부자연 스러운가~

응.

안색이 안 좋네. 괜찮아?

그렇겠지…

열이 좀 있어서 반차 냈어…

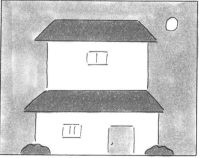

그래서인지 히토미 씨는 초등학생 때 열이 나서

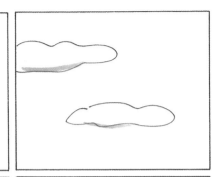

조퇴했던 날을 떠올렸습니다.

후우

오늘 무리하지 말고 쉴 걸 그랬어.

그때는 엄마가 데리러 와주셨죠.

하지만, 뭔가,

그런 일이 있었지.

그렇죠, 히토미 씨?

후후

평일 낮에 거리를 걷고 있는 자신이 조금 신기합니다.

*일본의 시사 주간지로 1959년 4월에 창간했다.

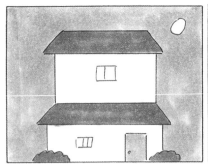

만약 아빠나 엄마가
나중에 거동이
불편해지시면

응,
고마워.
내일은
출근할 수
있어.

하루 종일
이 마당을
바라보시겠지, 하고

근데
마카베,
집은
정했어?

다녀왔다.
왜, 더 자지
않고.

뭐?

엄마, 마당에
겨울에도 꽃이 피는
나무를 심자.

뭔가,

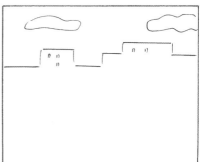

이런 식으로
춥다, 덥다 하다가
인생이 끝나는 건
아닐까.

점심
먹을까?

응.

의외로
인생은
짧을지도.

그럴지도.

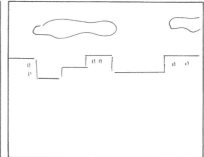

왜, 고령의
유명한 배우가
죽거나 하잖아?

응.

그니까.
밑에서
한기가
올라와.

우와~
오늘도
춥네~

살아
있다는
증거…

그렇게
생각하면
이 추위도

그때마다
우리 부모님
풀이 죽는 게
보여.

후후
불어
가면서
말이
지!!

휘익

맞는
말이지만,
일단 뜨거운
소바 먼저
먹자고!!

아무래도
지금의
당신과
겹치시겠지.

오래전부터 알던
사람이라는 것도
있겠고, 나이가
비슷하다는 점도
있을 테고.

소바

무슨
말인지
알아.

그럴 때
뭐라고
위로해야 할지
모르겠어…

정말
힘들었어~

감기
심했었지?

하지만 언젠가
우리도 느끼게 될
감정이겠지.

아, 들었어?
영업부
마카베가
후쿠오카로
전근 간대.

밤에는
역시
한기가
드네.

으~
추워

영업부니까.

갈 때가 됐다고
생각은 했지만.

아,
아빠!

거기에
3년은 있을 거고,
그때는 유부남이
되었을지도
모르지.

아빠,
어쩐
일이야?

아

소바
나왔습니다~

그런
계절이지.

맛있는
냄새~

하
하

편의점에
봉투 사러
간다.

따끈따끈한
군고구마를
손에 든
히토미 씨는

군고구마~

응?

이렇게
아빠 옆에서
걸을 수 있는 날이
앞으로 얼마나
남았을까

살까?

좋지
~~

하는 생각에,
문득
서글퍼져서

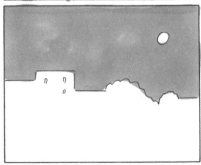

느낌으로
볼 때

마카베는
후쿠오카의
또래 동료들과

후우

사랑의 종말이
다가온 듯하지만

풋볼을
시작했으며

슬프지 않다,

이래저래 두 달 동안
도쿄에 오지 않았고

라고 하면
거짓말이다.

황금연휴에도
오지 못할 듯하다.

자서전에 쓸 수 없는 감정도 있다…

사실이 더 쓸쓸한 봄이었다.

밤의 도쿄타워에 올라갔던 작년 크리스마스를 떠올리면

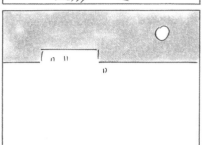

더욱 슬퍼지지만

건배.

그러한 '예감' 속에서 진행되던 사랑이었는지도 모른다,

어땠어?

와아~

이거, 홋카이도 기념선물~

라고 생각할 수 있을 만큼 나이가 들었다는

하네다 공항에 도착하면 왜, 수하물 기다리잖아.

와아! 건포도 샌드위치 너무 좋아~

나도~

그때 내 짐이 나올 때까지 계속 좀 불안하지 않아?

하하

우리 부모님, 두 분 다 홋카이도 처음이셔서 엄청 들뜨셨어.

귀여우셔~

맞아!

주변 사람들에게 줄 선물이라면서 이것저것 많이도 사셨고.

하하

아직인가? 아직인가? 못 보고 지나갔나? 혹시 다른 사람이 잘못 가져갔나?

좋은 효도 여행 이었네.

그러게

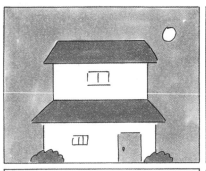

스케줄 수첩에
기뻐하는 엄마.

다음날
노리에 씨와
히토미 씨,

히토미 씨는
조금
반성했습니다.

오늘은
둘이
쇼핑을
합니다.

엄마에게는
일정 같은 거
별로 없을 거라고
멋대로 생각했던
자신을.

엄마,
점심은 좀
색다른 거 먹자.

진짜?
고맙다~

엄마,
앞으로 매년
선물해줄게.

*가마쿠라 시대(1185-1333)의 가인(歌人) 가모노 초메이의 수필집. 일본 3대 수필 중 하나로 꼽힌다.

153

*이 책은 새로운 작품에 『사와무라 씨 댁의 이런 하루』
『사와무라 씨 댁은 이제 개를 키우지 않는다』
『사와무라 씨 댁, 오랜만에 여행을 가다』
『사와무라 씨 댁에 밥이 슬슬 익어갑니다』
『사와무라 씨 댁의 행복한 수다』를
부분적으로 발췌하여 재편집한 것입니다.

*참고도서
『브람스를 좋아하세요...』, 프랑수아즈 사강
『방장기』, 가모노 초메이

에필로그

주인공 사와무라 히토미(40세)는 〈주간문춘〉에 연재 중인 〈사와무라 씨 댁의 이런 하루〉의 등장인물 중 한 명이기도 합니다. 〈사와무라 씨 댁의 이런 하루〉는 사와무라 씨 댁 아버지, 어머니, 딸 히토미의 소소한 에피소드를 그린 단편 연작 만화입니다.

'에피소드 사이사이에 그들만의 생활이 있다.'
이 생각을 늘 염두에 두고 책상과 마주합니다. 즉, 이 작품은 〈사와무라 씨 댁의 이런 하루〉 각 단편의 앞뒤에 존재하는 이야기라고 할 수 있습니다.
연재는 2022년 6월에 500회를 맞이했습니다. 그중에서 발췌하고 또 새롭게 그려 둘을 합친 작품입니다.

사랑.
어른의 사랑도 우왕좌왕합니다. 풍요롭고 때로는 아픕니다. 하지만 다른 그 무엇과도 대체할 수 없는 신기한 현상이에요. '히토미 씨의 사랑'을 그리는 동안, 짙은 슬픔 속에 있었던 듯한 기분이 듭니다.

2023년 여름 마스다 미리

마스다 미리 益田ミリ

1969년 오사카 출생의 일러스트레이터이며 에세이스트.
마스다 미리는 평범한 사람들의 '오늘'을 소중하게 여기며, 그들의 이야기를 정중하고 담백하게 묘사한다. 대표작으로 30대 싱글 여성의 일상을 다룬 만화 〈수짱 시리즈〉가 있으며, 최근작으로는 『누구나의 일생』이 있다.
이 작품은 〈주간문춘〉에 연재중인 〈사와무라 씨 댁 시리즈〉의 최신작으로, 2022년 6월 500회를 맞이해 만든 특별판이다. 〈사와무라 씨 댁 시리즈〉는 단편 연작 구성이 특징이나, 이번 작품에서는 사와무라 씨 댁 가족 구성원 중 딸 '히토미'를 주인공으로 하여 어른의 사랑이라는 하나의 이야기를 그렸다.

옮긴이 박정임

경희대학교 철학과를 졸업하고 일본 지바대학원에서 일본근대문학 석사과정을 수료했다. 전문번역가로 일하면서 능내에서 작은 책방을 운영한다.
옮긴 책으로 마스다 미리의 〈수짱 시리즈〉와 『미우라 씨의 친구』 등을 비롯해 〈미야자와 겐지 전집〉 『어쩌다 보니 50살이네요』 『고독한 미식가』 『피아노 치는 할머니가 될래』 등이 있다.

행복은 누구나 가질 수 있다
2024년 3월 11일 1판 1쇄 펴냄
2024년 9월 25일 1판 4쇄 펴냄

지은이: 마스다 미리
옮긴이: 박정임
기획 편집: 고미영
디자인: Praktik
마케팅: 박진우
제작: 북작소
제작처: 영신사

값은 뒤표지에 있습니다.
잘못 만든 책은 서점에서 바꾸어드립니다.

ISBN 979-11-982894-4-5 03830

펴낸이 고미영
(주)새의노래. 10908 경기도 파주시 경의로 1114, 405호
출판등록 제2023-000009호
전화 02 393 2111 팩스 02 6020 9539
info@birdsongbook.com www.birdsongbook.com
Instagram: birdsongbook